YO, CLARA Y
EL PAPAGAYO PIPO

YO, CLARA Y EL PAPAGAYO PIPO

DIMITER IMKIOW

Traducción de Rafael Arteaga

Ilustraciones de Traudl y Walter Reiner

http://www.norma.com
Barcelona, Bogotá, Buenos Aires, Caracas,
Guatemala, Lima, México, Miami, Panamá, Quito, San José,
San Juan, San Salvador, Santiago de Chile.

Título original en alemán:
ICH UND KLARA UND DER PAPAGEI PIPPO
de Dimiter Inkiow.
Originalmente publicado por Erika Klopp Verlag.
Copyright © Erika Klopp Verlag GMBlt, Berlín.

Copyright © 1992 para todos los países de
habla hispana por Editorial Norma S. A.
A.A. 53550, Bogotá, Colombia.

Reservados todos los derechos.
Prohibida la reproducción total o parcial
de esta obra, por cualquier medio
sin permiso escrito de la Editorial.

Primera reimpresión, 1994
Segunda reimpresión, 1995
Tercera reimpresión, 1996
Cuarta reimpresión, 1996
Quinta reimpresión, 1997
Sexta reimpresión, 1997
Séptima reimpresión, 1998
Octava reimpresión, 1998
Novena reimpresión, 1999
Décima reimpresión, 2001
Impreso por Cargraphics S. A. — Impresión Digital
Impreso en Colombia — Printed in Colombia
Enero, 2001

Dirección editorial, María del Mar Ravassa G.
Edición, Catalina Pizano
Edición, María Paz Amaya
Dirección de arte, Mónica Bothe

ISBN: 958-04-2072-6

CONTENIDO

Yo, Clara y el papagayo	7
El sueño de Clara	11
Bobo	19
De cómo evitamos que Susana aprendiera malas palabras	27
Las malas palabras	35
Pipo, ¿eres una papagaya?	41
Pobre Pipo	49
Las pulgas de Pipo	57
El niño más fuerte del mundo	65
Dos niños ordenados	71

El perro que no nos quiso como amigos	79
De cómo me convertí en un chino	87
De cómo me lavé los dientes	95
De cómo yo y Clara intentamos volar	101
Una sorpresa para mamá	109
La visita al zoológico	115
De cómo lustramos los zapatos	123
De cómo estuve a punto de ganar una apuesta	129

YO, CLARA Y EL PAPAGAYO

Tú ya me conoces. Este soy yo.

Y esta es mi hermana Clara.

Clara es muy traviesa. Con ella no tengo sino disgustos. ¡De veras!

Y lo que más me molesta es que las historias que YO cuento acerca de mi hermana Clara se conocen en todas partes como las historias de CLARA, a pesar de que, como todo el mundo sabe, son mis propias historias.

La gente las llama así, quizás, porque mi hermana es mayor que yo; pero las cosas van a cambiar pronto. Será sólo cosa de dos años y tendré exactamente su misma edad.

Aquí hay alguien

que tú, todavía no conoces.

Se trata de Pipo, el papagayo del tío Toni.

Antes, solamente me enojaba mi hermana Clara. Ahora también me enoja Pipo.

Mi primer disgusto con él fue así:

EL SUEÑO DE CLARA

Un domingo por la mañana, mientras me comía un banano, Clara se me acercó y me preguntó:

—¿Sabes lo que soñé anoche?

Yo no quería saberlo, pero ella volvió a preguntarme:

—¿Sabes lo que soñé anoche?

—¿Qué soñaste? —le pregunté.

—Que el tío Toni —me dijo—, había comprado un papagayo. Un papagayo grande y de muchos colores, que sabía hablar.

Yo quería demostrarle que yo también tenía sueños bonitos y por eso le dije:

—Yo también soñé algo anoche.

—¿Qué soñaste? —me preguntó.

—Que tenía un león —le dije—. Un bonito y pequeño león, y que jugaba con él toda la noche.

Yo pensé que le daría envidia y que se enojaría, pero ella se limitó a preguntarme:

—¿Es la primera vez que sueñas eso?

—Es la primera vez —le respondí ansiosamente.

—¡Entonces no se vale! —exclamó Clara sólo para hacerme enojar—. Yo he soñado tres veces seguidas con el papagayo. Y cuando uno sueña lo mismo tres veces seguidas, el sueño se cumple. Seguramente el tío Toni ya tiene un papagayo.

—Yo no quería creerle y por eso exclamé:

—¡No es cierto! ¡No es cierto!

—¡Sí! —insistió ella—. ¡Sí! Cuando

uno sueña lo mismo tres veces seguidas el sueño se cumple. Eso lo sabe todo el mundo.

—¡No es cierto!
—¡Que sí!
—¡Apostemos! —propuse yo.
—¿Qué apostamos? —preguntó.

—Si el tío Toni no tiene un papagayo, tendrás que hacer lo que yo quiera durante toda una semana.

—¿Y si sí lo tiene? —preguntó ella pícaramente—. ¿Entonces qué?

—Entonces yo haré durante toda una semana lo que tú quieras.

—¡Perfecto! —dijo mi hermana.

Nos dimos la mano para sellar nuestra apuesta y corrimos escaleras arriba hasta el sexto piso, donde vive el tío Toni. Yo toqué el timbre.

«Por fin voy a ganarle una apuesta a Clara», pensé. Clara siempre me ganaba todas las apuestas.

—¡Tío Toni! ¡Tío Toni!

Golpeé impacientemente a la puerta. Finalmente vino, abrió y preguntó:

—¿Qué sucede?

—Tío Toni, ¿tienes un papagayo? —pregunté.

—¡Sí! —dijo y luego echó a reírse—. ¿Lo quieres ver?

Yo me quedé parado en la puerta con la boca abierta.

—¡No puede ser!

—Hoy por la mañana lo traje a casa —prosiguió él—. Entra. Clara ya lo ha visto.

Caramba, ¡así era la cosa! Ahora tendría que hacer lo que ella quisiera durante toda una semana. Nuevamente había caído en su trampa. Clara ya había visto el papagayo y por eso estaba tan segura de que ganaría la apuesta. Lo del sueño, sin lugar a dudas, se lo había inventado.

Sin embargo, Clara juró que todo había sido un juego limpio y que no había inventado nada.

—Yo soñé tres veces seguidas con el papagayo y cuando miré por la ventana el domingo en la mañana, vi al tío Toni con el papagayo —explicó ella—. ¡Créemelo!

Yo no le creo esa historia, pero desde entonces intento soñar tres veces seguidas con un león manso. Con un pequeño león manso que sea mío. Hasta ahora no lo he logrado, pero

quizás lo pueda lograr pronto. Cuando tenga ese leoncito, ¡con seguridad que mi hermana Clara se sorprenderá!

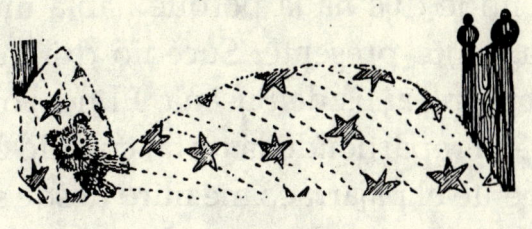

BOBO

A veces podría morirme de la rabia cuando pienso en Pipo, el papagayo del tío Toni.

Desde hace algún tiempo, siempre que me ve, empieza a decir:

—¡Bobo! ¡Craaaa-craaa! ¡Bobo! ¡Bobo!

¿Por qué?, no lo sé.

Tampoco sé de quién ha aprendido eso. Quizás Clara le ha contado algo de mí.

La primera vez que me llamó bobo

yo no le dije nada porque había mucha gente presente. Sucedió durante el cumpleaños de Susana. El tío Toni estaba repartiendo la torta, cuando de repente el pajarraco me miró desde su jaula y gritó a voz en cuello:

—¡Bobo! ¡Bobo! ¡Craaa!

Yo me hice el que no había oído nada.

—¡Bobo! ¡Craaa-craaaa! —repitió el papagayo.

Yo seguí sentado tranquilamente.

—¡Bobo! ¡Bobo! —siguió diciendo.

—¡Cállate el pico, Pipo! —dijo entonces el tío Toni en tono muy severo.

Pero Pipo no quería cerrar su pico.

—¡Craaa! ¡Bobo! ¡Bobo! ¡Craaa! —parloteaba sin cesar y no dejaba de mirarme.

Entonces todos se dieron cuenta a quién se refería el papagayo. El tío Toni dijo:

—¡Ya me agotaste la paciencia! —y se lo llevó con jaula y todo al cuarto de juegos de los niños.

Pipo se enfureció. Empezó a parlotear y a gritar y con el pico golpeaba como un loco las varillas de la jaula. Por un momento pensé que la destruiría, así que dejé mi torta a un lado, me fui a donde él y le pregunté:

—¿Por qué no te calmas?

—¡Bobo! ¡Craaa! ¡Bobo!

—¿Qué tienes en contra mía?

—¡Bobo!

—¡El bobo eres tú! ¡Tú! —grité yo.

Él me respondió:

—¡Tú... craaa! ¡Tú!

—¡No! ¡Tú! ¡Tú! —insistí yo.

—¡No... craaa... tú! —replicó Pipo.

Ambos gritamos. Yo frente a la jaula y él dentro de la jaula. Así nos sorprendió papá cuando entró al cuarto de los niños.

—¡Dios mío! —dijo dando un suspiro—. ¿Te has vuelto loco? ¡Deja en paz al pobre papagayo!

—Es él quien debe dejarme en paz. ¡Él empezó todo y no yo! ¡Se lo pasa diciéndome bobo!

—¡Bobo! ¡Craaa! ¡Bobo!
—¿Lo oíste, papá? ¿Lo oíste?
—Pero si los animales no piensan —dijo papá—. Él no sabe lo que dice.
—No lo creo, papá. ¡No lo creo!
—¡Claro que sí! ¡Créemelo!

Papá me sacó del cuarto, pero yo estaba tan ofendido que decidí ocultarme en algún lugar.

Seguramente todos se habían dado cuenta de que Pipo me había ofendido gravemente.

Así pues, me encerré en el baño y permanecí un buen rato allí. Infortunadamente nadie me buscó porque afuera había mucho ruido y seguían llegando niños al cumpleaños de Susana. Nadie notó que yo faltaba.

Sin hacer ruido salí del baño y entré en el cuarto de los niños para ver lo que el tonto del papagayo hacía allí. Pude ver a mi hermana Clara que en ese momento conducía a toda una bandada de chiquillos a donde el papagayo.

—Este es Pipo, el papagayo del tío Toni —explicaba ella en voz alta—. Él habla y es un papagayo muy inteligente. ¡A mi hermano le dice bobo todo el tiempo!

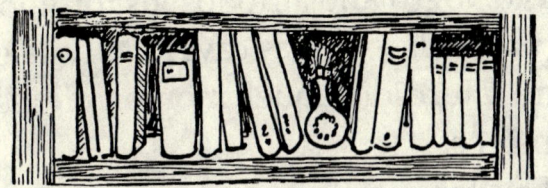

DE CÓMO EVITAMOS QUE SUSANA APRENDIERA MALAS PALABRAS

El tío Toni le había comprado el papagayo a un marinero. Clara dice que éste seguramente tuvo que haber sido pirata, pues Pipo dice a veces unas palabrotas tremendas. Las aprendió, seguramente, del marinero. Además, intenta todo el tiempo destruir la jaula.

El tío Toni nos contó que una vez logró desarmar la jaula. Con su pico curvo, logró aflojar todos los tornillos y cuando las varillas cayeron al suelo, miró aturdido aquel montón de escombros.

Una tarde el tío Toni nos pidió que le cuidáramos a su hijita Susana mientras que él salía de compras con su esposa.

Yo y Clara nos alegramos muchísimo pues nos encanta jugar en el apartamento del tío.

Cuando estuvimos solos con Susana, Clara me contó que el papagayo decía palabrotas cuando estaba furioso. Ella nunca había escuchado palabras tan groseras. Me dijo que habían sido tan terribles que por poco se desmaya.

—¿Me puedes repetir esas palabras? —le pregunté.

—¡Cómo se te ocurre! ¿Te volviste loco?

—¡Por favor, Clara, por favor!

—No las recuerdo todas. Además me tapé los oídos para no oírlas.

—¿Cómo lo hiciste?

—Así. Con dos dedos.

—¡Caramba! Tuvieron que ser palabras terriblemente groseras. Lástima que yo no estaba presente.

Fui hasta donde el animal y pensé: «Si se pone furioso, probablemente volverá a repetir las groserías y yo las podré oír».

Infortunadamente, Pipo estaba de excelente humor. Apoyado en una sola pata dormía profundamente.

¿Cómo lo podría enfurecer? ¿Tirándole las plumas de la cola? En ese momento Susana entró en el cuarto. Se sentó en el suelo junto a la jaula del papagayo y empezó a jugar. De pronto pensé que, como Susana estaba aprendiendo a hablar, seguramente aprendería de Pipo una gran cantidad de palabras feas.

Sin pensarlo dos veces corrí a la cocina, donde estaba mi hermana Clara, y grité:

—¡Clara! ¡Clara! ¡Ven rápido!

—¿Qué sucede?

—¿Adivina dónde está jugando Susana?

—¿Dónde?

—Debajo de la jaula de Pipo.

—¿Y eso qué tiene de malo?

—¡Que aprenderá de él malas palabras, y será tan grosera como un marinero!

—¡Caramba! —exclamó Clara—. ¡Tienes razón!

Y vino corriendo de inmediato.

—Susana —dijimos—; no puedes jugar debajo de la jaula de Pipo.

Infortunadamente, ella no nos entendió.

—Susana —le repetimos—, este papagayo dice malas palabras. No debes quedarte cerca de él.

Susana se rió.

—¡Pa-pa-ga-yo! ¡Pa-pa-ga-yo! —repetía de felicidad y señalaba hacia la jaula.

Nosotros pensamos y pensamos hasta que de repente mi hermana Clara exclamó:

—¡Ya sé lo que podemos hacer!

Bajó corriendo a nuestro apartamento y regresó con una cajita en la mano.

—¿Qué es eso? —le pregunté.

—No lo sé exactamente —respondió ella—, pero eso es lo que se pone la abuela en los oídos cuando duerme en nuestra casa. Es una especie de caucho y cuando lo usa no oye absolutamente nada.

—No lo creo.

—Ensáyalos.

Clara sacó los cauchos de la caja y yo me los introduje en los oídos. En realidad, no podía oír absolutamente nada y cuando Clara me hablaba sólo la veía abrir y cerrar la boca.

Eso era exactamente lo que necesitábamos. Así pues, sin pérdida de tiempo, le tapamos los oídos. Ya no oiría las palabrotas de Pipo.

Después empezamos a jugar y nos olvidamos por completo del dichoso papagayo. Cuando el tío Toni y su

esposa regresaron de hacer compras se sorprendieron de que Susana no respondiera y no los mirara cuando ellos la llamaban.

—¿Qué te pasa, Susana? —preguntó el tío Toni—. ¿Te volviste sorda?

—No se ha vuelto sorda —le explicamos yo y mi hermana Clara—; le tapamos los oídos para que no aprendiera las palabrotas del papagayo.

LAS MALAS PALABRAS

El tío Toni y su familia se fueron de vacaciones y nos dieron la llave de su apartamento para que cuidáramos a Pipo.

A mí y a mi hermana Clara eso nos pareció excelente.

—Ahora podremos jugar y divertirnos todos los días con él —me susurró al oído—, y algo más: aprenderemos de él una buena cantidad de malas palabras.

—¿De veras?

—Claro. Él sabe decir groserías perfectamente. ¿Todavía no lo has oído?

—Sí, pero no le entendí absolutamente nada.

—¡Es que tú sabes muy pocas groserías!

—¡Conozco una buena cantidad!

—Entonces di algunas.

—No. No quiero.

—¿Ves? No conoces ninguna.

—¡Sí, Clara, sí!

—Entonces dilas ahora.

—No quiero.

—No sabes ninguna.

—Yo sé muchísimas.

—Entonces dilas.

—¿Y si no quiero?

—¡No conoces ninguna! ¡No conoces ninguna!

Me había enojado en serio. Entonces me puse a pensar qué palabrotas sabía y la única que se me ocurrió fue «no seas tan animal». Esa fue mi salvación. Ahora podía demostrarle que yo también sabía malas palabras.

—¡No seas tan animal! —le grité en la cara—. ¡No seas tan animal!

—¿Qué estás diciendo? —me preguntó.

—Dije, no seas tan animal —le aclaré. Y luego se me ocurrió otra grosería: «¡Tú, pedazo de alcornoque!»

—¡Tú, pedazo de alcornoque!

—¿Qué estás diciendo? —volvió a preguntarme.

—¿Te estás quedando sorda? Dije, ¡Tú, pedazo de alcornoque!

Entonces mi hermana se puso colorada.

—¡Te voy a mostrar quién es el pedazo de alcornoque y quién es el animal! —gritó y se abalanzó de repente sobre mí.

Ambos caímos al suelo y se inició una fuerte lucha.

—¡Suéltame! —le grité—. ¡Suéltame! ¡Mamáaaa! ¡Clara me está pegando! ¡Clara me está pegando!

Por fortuna mamá se encontraba cerca y acudió corriendo de inmediato. Sólo con mucho esfuerzo pudo quitarme a Clara de encima.

—¡Te voy a dar! ¡Te voy a dar! —decía mi hermana dando resoplidos.

—¿Qué pasa? —preguntó mamá—. ¿Qué te hizo tu hermano?

—¡Me dijo dos veces animal y dos veces pedazo de alcornoque!

Mamá me lanzó una mirada llena de reproche y me dijo:

—¿Es eso cierto?

—Bueno, sí —dije yo—, pero yo sólo quería demostrarle que no solamente el papagayo del tío Toni sabe palabrotas.

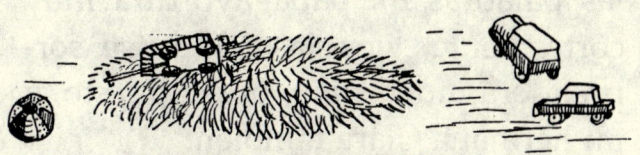

PIPO, ¿ERES UNA PAPAGAYA?

A mí me encanta el papagayo del tío Toni. Quisiera tener un papagayo así. Cuando sea grande iré a cazar uno. Probablemente me tendré que trepar a un árbol, pero no importa. Yo sé trepar muy bien. Cuando haya cazado el papagayo le enseñaré a hablar, pero sin malas palabras. Sólo le enseñaré a decir «por favor», «gracias», y cosas por el estilo. Y luego se lo presentaré al papagayo del tío Toni, así que cuando Pipo empiece a parlotear malas palabras mi papagayo dirá muy cortesmente, «gracias». Pipo se sorprenderá muchísimo, por supuesto, y mi hermana Clara también.

Por qué es taaaan maleducado el papagayo del tío Toni, no lo sé. Clara dice que el pobrecito no tuvo una educación esmerada en su casa, pero si yo le presento un papagayo bien educado, seguro que cambiará. Pero, ¿cómo conseguir un papagayo? No quisiera esperar hasta que sea grande.

Le pregunté a mi hermana y me dijo que lo que yo debía hacer era conseguirme un huevo de papagayo. De esta forma todo sería mucho más fácil.

—¿Qué tan fácil? —le pregunté yo.

—Sumamente fácil. Tú no tienes sino que empollar el huevo.

—Sí, pero, ¿cómo se empolla un huevo de papagayo?

—Te lo enseñaré cuando hayas obtenido el huevo de papagayo.

—Bueno, pero, ¿cómo hago para conseguírmelo?

Pensé y pensé y de repente se me ocurrió una idea; a lo mejor el papagayo del tío Toni era una hembra y tendría que poner un huevo en algún momento. Cuando lo pusiera, yo lo empollaría. Muy sencillo. De esta manera tendría un papagayo. ¡Caramba, esto era excelente!

—¡Claaaaara! ¿Es el papagayo del tío Toni hombre o mujer?

—¿Cómo voy a saberlo?

—¿Quién lo sabrá?

—No lo sé.

—Pero tengo que saberlo.

—Entonces, pregúntaselo a él mismo —dijo mi hermana Clara luego de una pausa—. Pregúntaselo a él mismo y déjame en paz.

—¿Crees que él lo sepa? —le pregunté.

—Si él no lo sabe —me respondió Clara—, ¿quién podrá entonces saberlo? Pregúntale. El sabe hablar muy bien.

—¡Bien! ¡Le preguntaré!

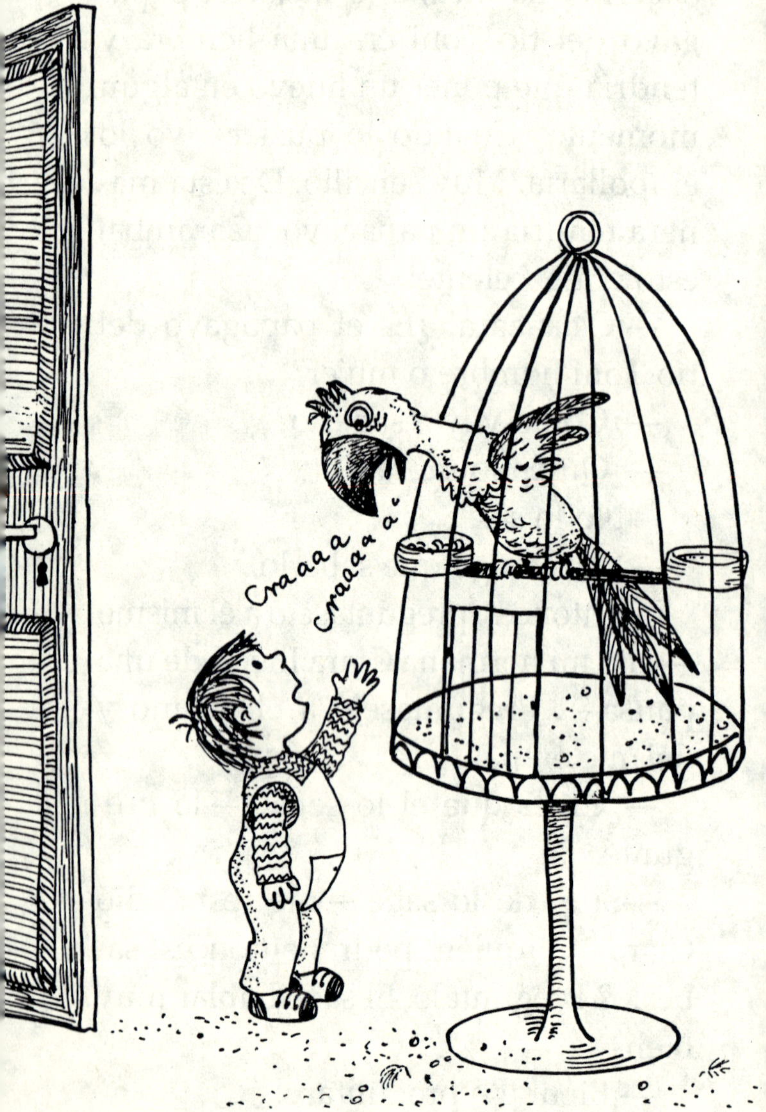
Craaaa
Craaaaaa

Corrí de inmediato hacia arriba, al apartamento del tío Toni, y fui a donde Pipo.

—¡Crraa!.. ¿Cómo estás? ¿Crraa? —cacareó apenas me vio.

—Dime, Pipo, ¿eres hombre o mujer? —le pregunté con toda cortesía.

—¡Craaaaa! ¿Cómo estás? ¡Craaaaaaa!

—Bien, gracias. Pero, dime, ¿eres hombre o mujer?

Y empezó a decir:

—¡Bobo! ¡Bobo! ¡Craaa! ¡Craaa!

¿Qué espina se le había metido, de pronto, en contra mía?

Nuevamente volví a preguntarle:

—¿Eres hombre o mujer?

—¡Craaaa! ¡Bobo! ¡Bobo!

¿Qué podía hacer? Rápidamente bajé a donde mi hermana Clara.

—¡Claaaaara! ¡Él no lo sabe!

—¡Tendremos que examinarle las plumas de la cola! —dijo ella—.

Ambos fuimos al apartamento del tío Toni. Infortunadamente Pipo no

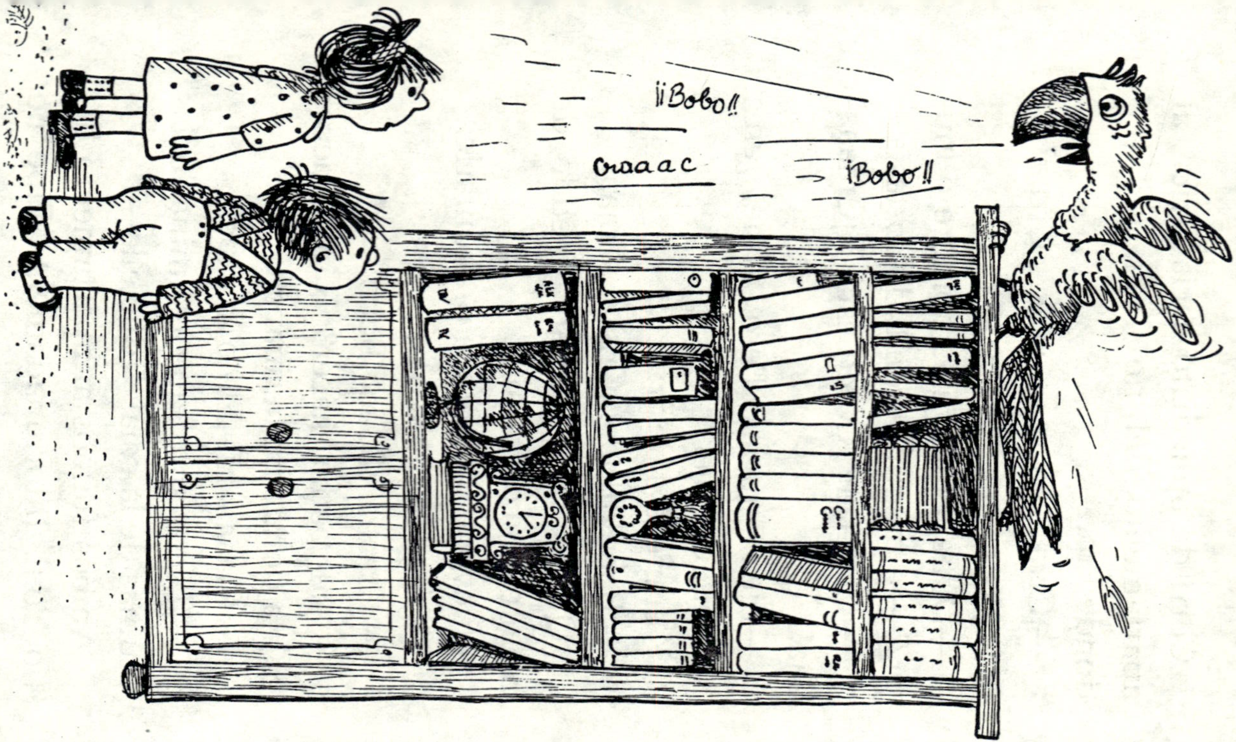
¡¡Bobo!!
Craaac
¡Bobo!!

nos permitió que lo miráramos por debajo de las plumas de la cola pues se movía como un loco de izquierda a derecha. Intentamos sacarlo de su jaula, pero precisamente cuando pensábamos que ya lo teníamos, se nos escapó de las manos y se posó sobre un estante de libros. Desde allí me gritó:

—¡Craaaa! ¡Bobo! ¡Craaaa!

Algunos libros se cayeron al suelo.

—¡El bobo eres tú! —le dije, devolviéndole los insultos—. ¡Ni siquiera sabes si eres hombre o mujer!

POBRE PIPO

—¿Te gustaría pasar toda la vida encerrado en una jaula y parado en una sola pata? —me preguntó una vez mi hermana Clara.

Yo le respondí inmediatamente:

—¡No! ¡Nunca!

—¡Así vive el pobre Pipo! Tiene que permanecer toda su vida en una jaula y, como si fuera poco, en una sola pata.

—¿Por qué en una sola pata?

—¿No te has dado cuenta de que siempre está parado en una sola pata?

—No.

—Entonces ven, —dijo y tomó la llave del apartamento del tío.

Desde que el tío Toni está de vacaciones nosotros tenemos que cuidar el papagayo.

Cuando llegamos frente a la jaula entendí lo que Clara quería decir. Pipo estaba parado sobre el palo, muy triste y en una sola pata. La otra la tenía recogida.

—Así permanece el pobre, día y noche —explicó Clara.

—Pero, ¿por qué en una sola pata?

—Porque seguramente la otra le duele. De esta manera, en cambio, puede dejar descansar una pata.

—¿En serio?

—Los papagayos salvajes —dijo Clara—, reposan las patas cuando vuelan, pero el pobre Pipo no puede volar.

—¿Por qué no?

—Porque tiene que permanecer en esta estúpida jaula.

—Entonces dejémoslo volar —propuse yo.

—¿En dónde?

—Aquí dentro del apartamento.

—El espacio es muy pequeño y seguro que romperá algo. Entonces nos culparán a nosotros.

Clara y yo empezamos a pensar en cómo podríamos ayudar al pobre Pipo que tanta lástima nos daba.

—Dejémoslo volar afuera —propuse.

—¡Estás loco! —reaccionó Clara—. Volará y no regresará nunca porque después no encontrará el camino de regreso.

Yo me rasqué la cabeza y de repente se me ocurrió una idea:

—Simplemente le amarraremos una cuerda alrededor del cuello. Una cuerda bien larga. Igual que como hacemos con Sabueso cuando lo llevamos con su correa. De esta manera no podrá escaparse. Yo tengo una cuerda en el cuarto de San Alejo. La de mi cometa. ¿Entiendes? Haremos volar a Pipo como una cometa, todo el tiempo que él quiera, hasta cuando las patas ya no le duelan. ¿No te parece una excelente idea?

—¡Maravillosa! —dijo Clara—. Cada día te vuelves más inteligente.

Bajamos de inmediato al cuarto de depósito a traer una cuerda. Infortunadamente habíamos olvidado la llave y tuvimos que regresar nuevamente al apartamento.

Precisamente cuando ya teníamos la llave nos encontramos con mamá.

—Niños —dijo ella—, ¿qué buscan en el cuarto de San Alejo?

—Nada —respondí—. Solamente necesitamos la cuerda larga de mi cometa. Queremos que el papagayo del tío Toni vuele como una cometa. Le amarraremos la cuerda y así podrá volar afuera. Por fin podrá descansar de sus patas. Si quieres, mamá, puedes mirar desde la ventana.

¡Que lástima que mamá no quiso ver volar a Pipo como una cometa!

—¡Alto ahí! —exclamó, y se acercó a nosotros, pero no precisamente para ayudarnos, como yo lo creí al principio.

Me quitó la llave de la mano y me dijo:

—Gracias a Dios que los descubrí a tiempo. ¡Gracias a Dios!

Naturalmente no nos permitió que el papagayo del tío Toni volara como una cometa.

El pobre continúa todavía en su

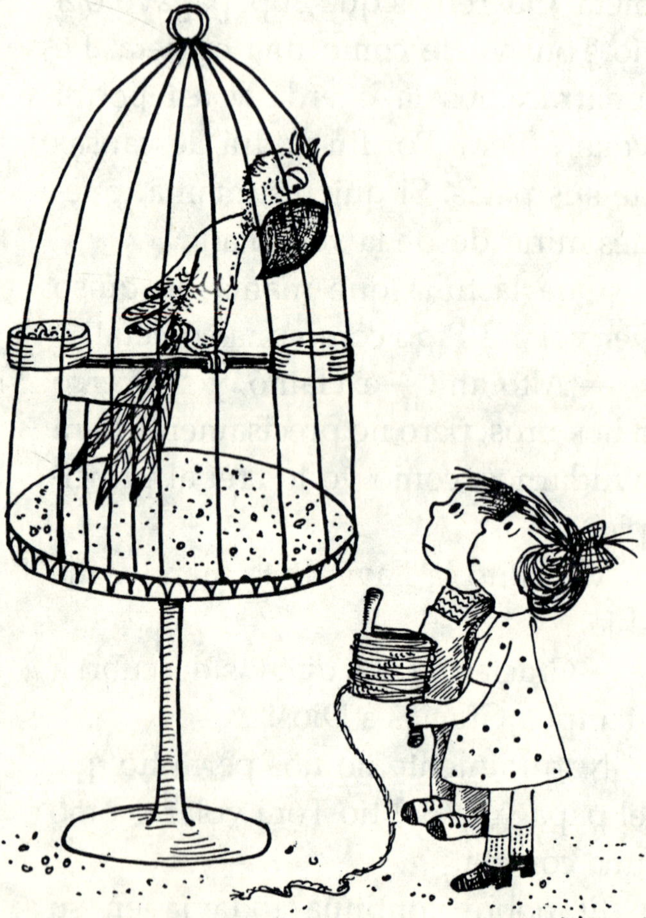

jaula y seguramente siguen doliéndole mucho las patas.

LAS PULGAS DE PIPO

Clara y yo tuvimos que prometerle a mamá que nunca más intentaríamos convertir a Pipo en una cometa. Con un papagayo no se hace eso.

Sin embargo, no entendimos bien por qué el pobre Pipo no puede volar atado a una cuerda.

Durante los días siguientes cuidamos el papagayo con mucha dedicación. Le cambiamos el agua, le trajimos alimento y cada tercer día le cambiamos el arena de la jaula.

En una ocasión, empezó, de repente, a rascarse con el pico por todas partes: Debajo de las alas, en la barriga, en la espalda, en el cuello.

¿Qué le estaba pasando?

Lo observamos por un buen rato. Se rascaba sin descanso y a veces encontraba algo entre sus plumas que luego devoraba.

—Se traga sus propias pulgas —me susurró mi hermana Clara al oído.

—Que se traga ¿qué?

—Sus pulgas o sus piojos.

—¡Que asco! —dije horrorizado.

—Voy a mirar qué es lo que tiene.

—¡No, Clara, no! —exclamé—. ¡No lo toques porque te las prenderá!

—Tienes razón. No debemos tocarlo. ¡Si se nos prenden las pulgas de Pipo nos tendremos que rascar igual que él!

—¡Y mamá nos regañará! ¡De eso no hay duda!

—¡Bueno, pero tenemos que hacer algo!

—Sí, pero ¿qué?

Pensamos por un momento y enseguida encontramos una solución:

Si lo bañáramos en agua caliente todas las pulgas morirían ahogadas.

Abrimos inmediatamente la llave del agua caliente de la bañera y agregamos medio frasco de jabón espumoso.

Infortunadamente el tonto del papagayo no quería dejarse lavar. Pipo se resistía al baño, daba aletazos a su alrededor e intentaba mordernos con su grueso pico.

Nunca nos imaginamos que fuera así de necio. ¿Qué hacer entonces?

El pobre Pipo seguía rascándose y examinaba sus plumas una tras otra. De tanto en tanto levantaba la cabeza y masticaba algo. Seguramente tenía millares de pulgas.

—Clara, ¿pueden las pulgas o los piojos tragarse entero a un papagayo? —le pregunté.

—Si son muchos, sí.

—¿Y si lo bañamos?

—Entonces ya no se lo podrán devorar pues las pulgas se ahogarán.

—¡Tenemos que bañarlo como sea! —exclamé yo—. Y si no quiere me-

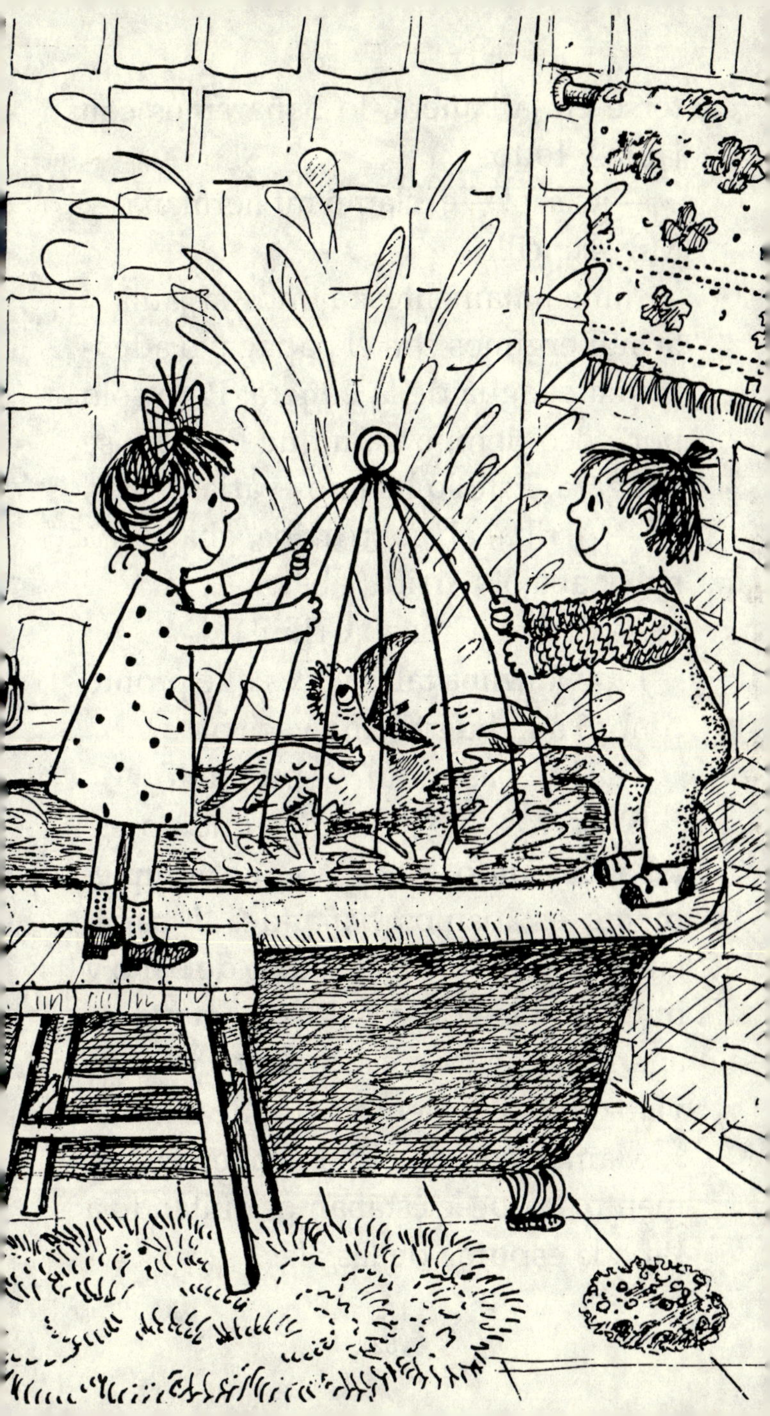

terse en la bañera, lo bañaremos con jaula y todo.

—¡Claro! —exclamó mi hermana—. Muy sencillo.

Inmediatamente trajimos la jaula y la sumergimos con el papagayo adentro en el agua de la bañera. Pero sólo por poco tiempo para que Pipo no se ahogara. Esto lo hicimos varias veces.

—¡Arriba, abajo! ¡Arriba, abajo! ¡Arriba, abajo! ¡Arriba, abajo!

—¡Craaa! ¡Craaa! ¡Criiiii!

Pipo lanzaba tales voces que pronto timbró a la puerta una vecina.

—¿Qué pasa aquí? —preguntó.

Nosotros le explicamos que no estaba pasando nada y que simplemente estábamos bañando al papagayo. Ella entró en el cuarto de baño y miró la bañera y a Pipo. Luego se agarró la cabeza con las manos y corrió veloz como el viento a donde mamá.

Mamá llegó precisamente en el momento en que le estábamos quitando a Pipo la espuma de las alas.

—¿Vive todavía? —preguntó ella casi sin respiración.

—Claro que vive —ambos le respondimos al tiempo—. Y si le pasamos el secador de pelo, será el papagayo más limpio del mundo.

EL NIÑO MÁS FUERTE DEL MUNDO

Desde ayer estoy comiendo por dos, pues quiero convertirme en el niño más fuerte del mundo.

En la televisión vi al hombre más fuerte del mundo. Con los dientes doblaba varillas de hierro y con las manos enderezaba las herraduras. ¡Fantástico!

Clara dijo que un hombre tan fuerte come por dos.

Cuando oí eso decidí de inmediato empezar a comer por dos. Me fui entonces a la cocina y traje pan con mermelada.

—¿Qué haces? —preguntó Clara.

—Estoy comiendo.

—Pero si acabas de comer.

—Ahora voy a comer por dos. He decidido convertirme en el niño más fuerte del mundo.

—¡Que maravilla! —dijo Clara—. Pero no debes solamente comer. También tienes que hacer ejercicio con las manos y con los dientes.

—¿Por qué?

—Si no haces ejercicio, lo único que sacarás será una gran barriga llena de grasa.

—Bien —dije—, practicaré. Practicaré para convertirme en el niño más fuerte del mundo. Pero, ¿con qué?

Clara tampoco lo sabía, así que desordenamos todo el apartamento, pero en ninguna parte había varillas de hierro o herraduras. Eso me disgustó muchísimo. Había comido por dos y no tenía con qué practicar. «Ahora me va a salir una tremenda barriga», pensé.

Quería llorar de la ira cuando de repente mi hermana Clara gritó:

—¡Tengo algo! ¡Tengo algo!

Clara me entregó una cuchara.

—¿Qué hago con ella? —dije.

—Practica. El hombre del circo doblaba barras de hierro. Tú puedes hacer lo mismo, pero con una cuchara.

—Bien —dije decidido—, lo intentaré.

Observé la cuchara, la tomé con ambas manos y luego presioné con todas mis fuerzas. ¡Y lo logré! ¡La doblé como una herradura!

—¡Ahora debes ponerla derechita como una vela! —dijo Clara.

Eso no fue fácil pues tuve que esforzarme mucho y presionar bastante. Lo intenté también con los dientes y se me aflojaron dos. Finalmente lo logré y le mostré a mi hermana la cuchara que ya no era una cuchara de verdad. Convertí todas las cucharas en herraduras y las volví a poner derechas, y luego hice lo mismo con los tenedores. ¡Qué trabajito! Sudé de tanto practicar, pero continué practicando.

En ésas, papá y mamá llegaron a casa.

—¿Qué pasa aquí? —exclamaron asustados y se abalanzaron sobre los tenedores y las cucharas.

Yo me fui inmediatamente al cuarto de juegos.

—Sólo estaba practicando —explicó Clara—. Dobló todos los cubiertos como herraduras y los enderezó nuevamente. Entrenaba para convertirse en el niño más fuerte del mundo.

Papá intentó durante toda la noche dejar los tenedores y las cucharas como antes, pero no lo logró del todo.

Y ahora, cuando tenemos invitados a comer, se admiran al ver nuestros tenedores y nuestras cucharas.

DOS NIÑOS ORDENADOS

Un buen día escuchamos en la cocina que mamá se quejaba de nosotros ante papá.

—Los niños son tan desordenados —decía—, ¡tan desordenados! No sé que voy a hacer. Les he hablado mil veces al respecto. Todo lo dejan tirado y yo tengo que andar el día entero detrás de ellos recogiéndoles el desorden. Les he dicho mil veces que tienen que ordenar el cuarto de juegos pues parece un depósito de trastos viejos, pero no me hacen caso.

Papá suspiró.

Yo miré a Clara.

Clara me miró.

Ambos estábamos iracundos. Entonces corrimos a la cocina y gritamos:

—¡Eso es mentira! ¡Tú no nos has dicho mil veces que tenemos que poner en orden el cuarto de juegos!

—Niños, ¿no les dije hace una hora que arreglaran el cuarto?

—Sí, pero sólo una vez.

—¿Y ayer? ¿Y antes de ayer? ¿No les he dicho que tienen que arreglar el cuarto?

—Sí —dijo Clara—, pero no mil veces. Hubieran sido mil veces si nos lo hubieras dicho mil días seguidos.

Mamá dijo dando un suspiro:

—Niños, yo ya se los he dicho bastantes veces y ahora se los repito: Pongan, por favor, el cuarto de juegos en orden. Quiero que se conviertan desde hoy en dos niños ordenados. ¿Entendido?

—¿Entendido? —repitió papá.

Ambos respondimos que sí y nos fuimos a nuestro cuarto. Allí acordamos convertirnos en dos niños muy ordenados.

—Pero, ¿cómo se convierte uno en un niño ordenado? —pregunté.

—Muy sencillo —explicó Clara—. Tú tienes que poner todo en orden. Cuando veas algo que no esté en su lugar, tendrás que ponerlo en su sitio.

—Bien —dije—, lo haré. Pondré todo en el lugar adecuado.

De inmediato empecé a mirar con cuidado a mi alrededor para ver qué cosa no estaba en su sitio, pero no encontré nada fuera de su puesto.

—Tienes que recoger tus juguetes

—dijo mi hermana—. Están regados por todas partes.

—No es cierto —dije—. Todos están en su lugar.

—¿Y qué hacen los carros debajo de la cama?

—Están en el garaje subterráneo.

—¿Y la grúa debajo de la mesa?

—Ahí hay una excavación para una obra. Y, ¿qué hacen tus muñecas sobre el asiento?

—Están sentadas —observó Clara— ¿En dónde más podrían sentarse?

Continuamos buscando lo que pudiéramos ordenar y encontramos dos gomas de mascar, una para Clara y otra para mí. Y puesto que el sitio adecuado para una goma de mascar es la boca, nos las llevamos inmediatamente a la boca.

Luego continuamos buscando cosas para ordenar.

En el sofá junto al periódico encontramos los anteojos de papá, y, puesto que no estaban en el sitio adecuado, los puse en su chaqueta, que estaba en el armario. Luego vimos la cadena de oro de mamá en el cenicero de la sala encima de la mesa de centro. Clara la tomó inmediatamente y la puso en el armario de ropa, dentro de la cartera que mamá tiene para ir al teatro.

—El cenicero no es el lugar adecuado para la cadena —dijo—. Ahora sabemos quiénes son los desordenados de esta casa.

Después de haber puesto algunas cosas en su sitio, salimos a la calle a jugar.

Cuando regresamos, papá buscaba desesperado sus anteojos por toda la casa y mamá buscaba en todos los rincones su cadena de oro. Ambos estaban muy disgustados y mamá murmuraba entre dientes:

—Alguien ha robado mi cadena de oro. O, ¿será que la he perdido? Ayer la tenía en la mano... Alguien me la ha robado...

—En alguna parte tienen que estar mis anteojos —decía papá—. Hoy leí el periódico. Niños, ¿han visto la cadena de oro de mamá y mis anteojos?

—Sí —dijo Clara—. Los hemos puesto en su sitio...

—Qué, ¿qué?
—¡Que hemos puesto esas cosas en su lugar porque nos hemos vuelto dos niños ordenados!

EL PERRO QUE NO NOS QUISO COMO AMIGOS

Una noche, cuando yo y mi hermana Clara estábamos de vacaciones, oímos en el patio trasero del hotel a un perro que aullaba constantemente. El pobre animal ladraba y se quejaba como si quisiera decirnos algo.

—Tenemos que ocuparnos de ese pobre perro —me dijo Clara a la mañana siguiente—. ¿Lo oíste anoche?

—Sí —dije—; aullaba como si estuviera muy triste. Tenemos que averiguar inmediatamente por qué aúlla de esa forma.

—Bien, averigüémoslo. Seguramente necesita algo.

Sin pensarlo dos veces nos fuimos al patio trasero y allí encontramos al animal encerrado en una perrera. Era pequeño y negro como el carbón y empezó a ladrar fuertemente.

—¿Qué te pasa? —le preguntamos—. ¿Por qué ladras así? ¿Te han hecho algo?

El perro saltaba en su perrera como un loco y no nos ponía atención.

—Tiene hambre —opinó Clara—, eso lo puede ver cualquiera. Tenemos que traerle algo de comer.

—Sí —dije yo—, pero ¿qué?

—Carne —dijo Clara—, y un hueso.

—¿Y dónde encontraremos eso?

—En la cocina.

—¿Sabes dónde queda la cocina?

Clara pensó por un momento.

—Tenemos que oler —dijo Clara radiante—. Donde el olor a comida sea más penetrante, ¡ahí debe quedar la cocina!

—Clara, ¡eres genial! —exclamé.

Enseguida aguzamos las narices y empezamos a oler con detenimiento. Y, preciso, en donde el olor a comida era más fuerte, encontramos la cocina.

—Un hueso, por favor —dijo Clara muy cortésmente—. Un hueso y un pedazo de carne.

Infortunadamente el cocinero, que era extranjero, no nos entendió.

—Un hueso —dije—. Guau-guau-guau...

Tampoco nos entendió, así que se rió y dijo también «guau-guau-guau...»

Clara y yo dijimos nuevamente «guau-guau», y Clara murmuró:

—¡Éste no nos entiende absolutamente nada!

—No —observé yo— no nos entiende absolutamente nada.

Clara tomó entonces un pedazo de carne de una mesa y salió corriendo de allí. Yo dije «guau-guau» y también salí disparado. Ya teníamos la carne y esperábamos que el pobre perro no volvería a aullar dentro de su jaula a causa del hambre.

Nos dirigimos hacia él y le lanzamos la carne.

—¡Traga! —exclamamos.

Pero el animal no comió, sino que saltó y ladró con más desespero dentro de la perrera.

—Creo —dijo Clara— que no tiene hambre y que lo que quiere es salir de su encierro. ¡Tenemos que ponerlo en libertad!

—Bien —dije—, ¡dejémoslo en libertad! Pero, ¿luego qué?

—Luego vamos a pasear con él. Nos protegerá de toda la gente mala.

—Bien. ¿Y luego?

—¡Luego lo llevaremos al cuarto del hotel!

—¡Magnífico! ¡Y allí podrá dormir en la silla!

Dicho y hecho. Luego de hacer un

poco de fuerza logramos abrir la puerta.

—¡Ahora estás libre!

Pero el pequeño perro no salió con agrado a la libertad, sino que, de repente, se abalanzó sobre nosotros y con los dientes agarró firmemente el pantalón de Clara.

—¡Qué canallada!

—¡Rápido! —grité yo—. ¡Vámonos de aquí!

Yo tiraba a Clara del brazo y el perro la tiraba del pantalón hacia su jaula como si quisiera arrastrarla hasta allí.

—¡Suéltame! —gritaba Clara—.

Pero el animal no la soltaba y mi pobre hermanita sólo quedó libre cuando el perro le arrancó con los dientes un pedazo de pantalón. Sólo entonces pudimos echarnos a correr. Casi sin respiración dije:

—¡Qué animal tan feroz!

—Creo —dijo Clara muy agitada—, que no nos entendió.

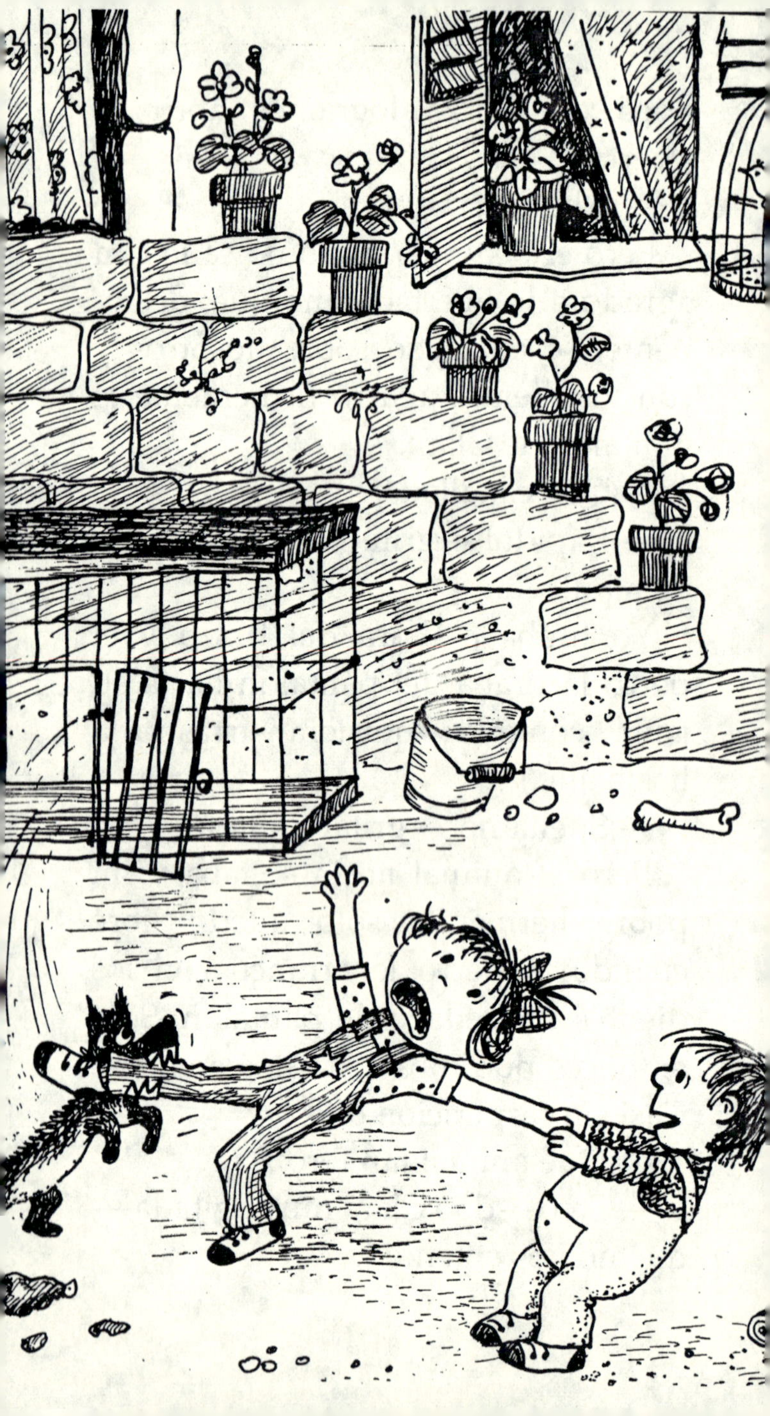

—¿Por qué?

—Pensó que nos lo íbamos a robar y por eso quiso defenderse.

—¿Cómo lo sabes? —pregunté.

—Muy sencillo —afirmó mi hermana—. ¡El perro también es extranjero, como el cocinero!

DE CÓMO ME CONVERTÍ EN UN CHINO

En una ocasión nos invitaron a mí y a mi hermana Clara al carnaval infantil. Nos pusimos felices y estuvimos pensando día y noche en cómo nos disfrazaríamos. Clara quería disfrazarse de bruja y yo le dije que si se pintaba pecas, podría ir a la fiesta disfrazada de muñeca.

—Y tú, ¿de qué vas a ir? —me preguntó.

—De Zorro —dije—. Me compraré

un antifaz, un sombrero negro y una espada negra de Zorro. Quiero ser Zorro.

—¡Dios mío! —dijo mi hermana agitando la cabeza.

—¿Qué tienes en contra? —repliqué.

—Uno de cada dos niños anda por ahí disfrazado de Zorro. No hay tantos Zorros en el mundo. Disfrázate de otra cosa.

—De vaquero. Iré disfrazado de vaquero.

—Ese disfraz tampoco me gusta. Hay tantos vaqueros como Zorros. Tienes que encontrar algo mejor. Piensa.

—Bueno, lo pensaré. Pero tú tienes que pensar conmigo.

Así pues, nos pusimos a pensar hasta que de repente Clara gritó:

—¡Ya sé! ¡Ya sé! ¡Irás disfrazado de chino!

—Está bien —dije aprobando la sugerencia de mi hermana—, iré disfrazado de chino.

—Pero los chinos son amarillos, como todo el mundo sabe.

—Pues me pintaré la cara de amarillo.

—¡Se me ocurre algo mejor!—exclamó Clara—. Te embadurnaré de amarillo de arriba a abajo. Tan amarillo que te volverás más amarillo que un chino de verdad. Todos se sorprenderán.

—¿Puedes hacer eso?

—Claro que lo puedo hacer.

—¿Acaso ya has pintado a alguien de amarillo?

—En la televisión se presentó una mujer que teñía lana de amarillo. Es muy fácil de hacer. Ven, acompáñame abajo al cuarto de depósito.

Clara trajo una bolsa de hacer compras y me empujó hasta el cuarto de San Alejo. Allí permaneció delante del gran cajón en que guardamos las cebollas y luego empezó a quitarles las cortezas y a echarlas en la bolsa. Yo no tenía ni idea de lo que se proponía.

—¿Qué estás haciendo? —le pregunté.

—Te pintaré con las cortezas de las cebollas. Ya verás cómo.

—Pero yo no quiero.

—¿Quieres o no convertirte en un chino? —me preguntó enojada.

—Sí, pero...

—Entonces tengo que pintarte.

—Pero no quiero oler a cebolla.

—Tampoco olerás a cebolla porque te perfumaré luego con la loción que tiene papá para después de afeitarse. No te quedes ahí parado como un bobo y, más bien, ayúdame.

Yo no quería quedarme ahí parado como un bobo y por eso le ayudé hasta que la bolsa se llenó de cortezas de cebolla.

Luego nos fuimos a la cocina donde Clara echó las cáscaras en una olla grande y las puso a cocinar durante una hora. Todo el apartamento se impregnó de un terrible olor a cebolla y cuando Clara echó un huevo a la olla, el menjurje se volvió completamente amarillo.

—Así fue como la mujer de la televisión tiñó la lana de amarillo —me explicó mi hermana—. Y así te teñiré yo para que te veas como todo un chino.

—¿Completamente?

—Claro que sí. Los chinos tienen todo el cuerpo amarillo.

—Empecemos por los pies —propuse yo.

Clara vació el agua de cebolla en la bañera y yo me metí adentro. Efectivamente, mis pies se volvieron completamente amarillos.

Después me desvestí y me acosté en la bañera. Clara había traído una taza y me roció en todas las partes donde el agua de cebolla no alcanzaba a tocarme, incluso la cara.

En ésas, mamá nos descubrió y cuando me vio, también se puso amarilla.

—¿Qué está pasando? —preguntó horrorizada.

—Nada —le explicó Clara—. Lo estoy tiñiendo de amarillo porque él quiere ir disfrazado de chino al carnaval infantil.

DE CÓMO ME LAVÉ
LOS DIENTES

Todas las noches antes de acostarnos mamá nos preguntaba:

—¿Niños, ya se lavaron los dientes?

Entonces mi hermana Clara siempre gritaba muy fuerte:

—¡Sí! ¡Sí! —y abría la boca de par en par para que mamá pudiera verle los dientes. Cuando papá estaba en casa, también iba a donde él y se los mostraba. Y cuando teníamos visita, pasaba de visitante en visitante con la boca bien abierta. A cada uno le mostraba cómo se había lavado de bien los dientes. ¡Qué presumida! Eso me enojaba muchísimo.

—¿Y tú? —preguntaba mamá—. ¿Te lavaste los dientes?

Yo me hacía el que no la había oído y me escondía en la cama.

—¿Estás sordo?

Yo me hacía nuevamente el que no la había oído.

—Te he preguntado si te lavaste los dientes —insistía mamá.

Entonces ya no podía seguir haciéndome el sordo.

—Sí.

—Muéstrame.

Yo abría la boca.

—Hmm —decía mamá insatisfecha—¿te los lavaste de veras?

—No se los ha lavado bien, mamá —exclamaba mi hermana Clara—. Sólo hace como si se los estuviera lavando.

—Yo sí me los lavé.

—Pero mal.

—Me los lavé bien. Mucho mejor que tú.

—¡No es cierto! —exclamaba Clara y me acusaba delante de mamá—. Sólo se pasó el cepillo dos veces. Eso fue todo. Y no usó crema dental.

—¿Te has vuelto a lavar los dientes sin crema dental? —preguntaba mamá severamente.

—La crema dental sabe horrible. Arde en la boca —respondía y me iba.

Yo odio a Clara por lo de la lavada de los dientes, aunque, en realidad, yo la quiero mucho, como todo el mundo sabe. Me hubiera gustado exprimirle toda la crema dental en la cabeza, pero no me atreví.

Esa fue, por un tiempo, la historia de la lavada de los dientes hasta que mi hermana Clara me dijo un día:

—Eh tú, pobre diablo, ¿quieres que te enseñe cómo se deben lavar los dientes?

—Ya lo sé —respondí.

—Entonces, ¿por qué jamás te lavas los dientes correctamente? —me preguntó.

—Porque no quiero —le dije.

—¡Porque no puedes! ¡Porque no puedes!

—¡Sí puedo, y si quieres te lo demostraré!

—¡Bueno, entonces demuéstramelo!

Al decirme esto se reía, ¡sólo para enojarme! ¿Qué hacer entonces?

—Te vas a sorprender —le dije y me fui al baño.

Allí tomé mi cepillo de dientes y pensé en comerme un dulce primero para no sentir el feo sabor de la crema dental.

Clara preguntó:

—¿Qué te pasa con la crema dental? ¿Le tienes miedo?

—Eso me enojó y entonces grité:

—¿Qué te crees? ¡Yo no le tengo miedo a nada, y mucho menos a la crema dental! Ahora voy a sacar toda la crema dental del tubo, me la echaré en la boca y me lavaré los dientes como ninguna otra persona en el mundo. Me quedarán relucientes de blancura. Tan limpios que no necesitaré lavármelos por un mes entero.

Y lo hice. Clara abrió los ojos sorprendida, pero mamá se sorprendió aún más cuando me vio con la boca repleta de dentífrico y el cepillo de dientes en la mano.

—¿Qué ha pasado aquí? —preguntó.

—Mi hermano se está lavando los dientes para que le duren limpios un mes completo —anunció Clara.

DE CÓMO YO Y CLARA INTENTAMOS VOLAR

—¿Quieres volar conmigo? —me preguntó una vez mi hermana Clara mientras tomábamos la leche del desayuno.

—Que ¿qué?

—Que si quieres volar conmigo.

—Y, ¿cómo? ¿En avión?

—No, en avión no, sino ¡así! ¡Simplemente así!

Clara fue a nuestro cuarto y regresó con un libro debajo del brazo.

—Si quieres lo podemos intentar —dijo, y abrió el libro para mostrarme una ilustración. Se veía a un hombre flotando por los aires, llevado por muchas palomas.

—Mira qué bien lo ha hecho. Ha atado las palomas con cuerdas a una canasta y luego las ha lanzado al aire. Cuando grita, las palomas se asustan y se elevan muy alto. Cuando no grita, las palomas aterrizan. Y así este hombre ha volado por horas enteras.

Eso me pareció maravilloso.

—¿Crees que sea cierto?

—¡Naturalmente! Él mismo escribió esa historia.

—A lo mejor son sólo mentiras.

—Un hombre mayor y con un bigote así no miente —opinó Clara.

Ella señaló el cuadro. Efectivamente se trataba de un hombre muy viejo con un bigote gigantesco. Eso me convenció. Desde que Clara tiene dos dientes nuevos y sabe leer, se ha vuelto muy inteligente.

—En el cuarto de depósito hay una canasta vieja muy grande —dijo—. Tomémosla.

Enseguida fuimos al cuarto de San Alejo, encontramos la canasta y nos la llevamos para nuestra alcoba. Luego buscamos en la canasta de costura de mamá los hilos adecuados, pero después de probarlos todos, nos dimos cuenta de que no eran lo suficientemente fuertes.

—¡Clara! ¡Clara! —grité—. Usemos

la cuerda de nylon de la caña de pescar de papá. Es muy fuerte.

Así pues, trajimos el equipo de pesca de papá. ¡Fue una suerte que la cuerda fuera tan larga! La cortamos en muchos pedazos y los amarramos alrededor de la canasta. La cuerda no alcanzó, así que tuvimos que buscar en la cartera de pesca de papá y allí encontramos unos cuantos rollos más. Los utilizamos todos.

Clara dijo que los pedazos de cuerda debían tener diferentes longitudes

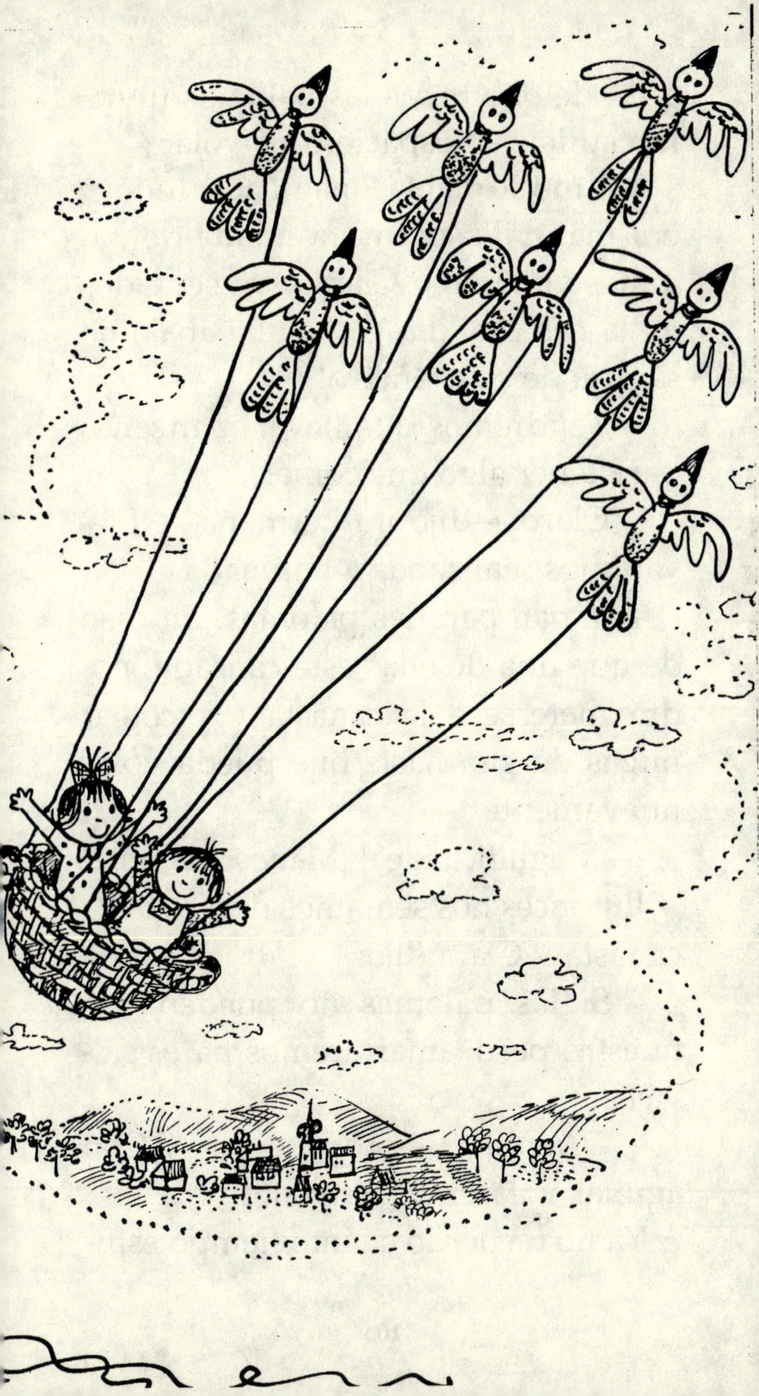

a fin de que todas las palomas tuvieran suficiente espacio para volar.

Yo me lo había imaginado todo y era maravilloso: una bandada de palomas volando y Clara y yo sentados en la canasta. ¡La gente allá abajo no saldría de su asombro!

—Tendremos que llevar manzanas para tener algo que comer.

—Claro —dijo mi hermana—. Llevaremos manzanas y limonada.

—Y pan para las palomas. En caso de que una de ellas esté cansada, podrá meterse a la canasta y picotear migas de pan hasta que pueda volar nuevamente.

—¡Magnífica idea! ¡Manos a la obra!

Entonces nos sentamos dentro de la canasta y Clara dijo:

—Si las palomas no pueden con nuestro peso, amarraremos patos salvajes.

—O águilas —propuse yo—. Con águilas volaremos muy alto.

Ya no recuerdo cuánto tiempo estuvimos en la canasta. Lo que sí recuerdo es que mamá y papá entraron en nuestro cuarto y preguntaron:

—Niños, ¿qué hacen dentro de esa canasta sucia?

—Entrenamos para volar —dijimos ambos al unísono. Y cuando papá miró con horror su cuerda de pescar dividida en múltiples pedazos, le explicamos:

—Amarraremos palomas a los hilos. Muchísimas palomas. Ellas nos elevarán. Te sorprenderás.

Papá suspiró profundamente y dijo:
—Ya estoy sorprendido.

No dijo más, pero creo que nuestro proyecto le gustó muchísimo.

Como no pudimos encontrar suficientes palomas y patos salvajes, nunca volamos de verdad. De todos modos, permanecimos por horas enteras en el balcón, sentados dentro de nuestra canasta e imaginando que volábamos muy alto por sobre las nubes.

¡Fue muy hermoso!

UNA SORPRESA PARA MAMÁ

—¿Sabes qué? —me dijo un día mi hermana Clara—. Hoy tenemos que darle una sorpresa a mamá.

—¿Por qué? —pregunté yo, pues me sorprendí de que Clara quisiera, de pronto, darle una sorpresa a mamá.

—Porque ayer se me cayó un plato y lo rompí y mamá no me regañó. ¡Ella es tan buena con nosotros! —dijo Clara.

—Es cierto —dije—. Es la mejor mamá del mundo.

—Por eso debemos darle una sorpresa.

—Bien, pero, ¿qué sorpresa?

—Ya sé. Le regalaremos flores.

Yo no sabía por qué debíamos regalarle precisamente flores y pregunté por qué no le regalábamos dulces o por qué no pintábamos algo para ella, pero Clara dijo que lo que más la alegraría serían las flores.

—Si la cosa es así —dije—, entonces le regalaremos flores. Pero, ¿dónde podremos encontrar unas cuantas?

—Los alrededores de nuestra casa están llenos de flores.

—Pero no son nuestras.

—Sí. Algunas nos pertenecen.

—Mientes —dije yo—. Mientes.

Clara me explicó que de ninguna manera estaba mintiendo.

—En nuestro edificio viven muchas personas y, por ello, hay muchas flores en los alrededores. Y algunas de esas flores nos pertenecen.

—Ahora tienes que bajar —me

dijo—, y recoger las flores. Mientras tanto yo llenaré los floreros de agua. Mamá se sorprenderá cuando venga.

Yo también quería que mamá se alegrara y se sorprendiera cuando llegara a casa y la encontrara llena de flores, pero, al salir, sentí miedo y regresé. Clara estaba muy ocupada en llenar de agua todos los floreros.

—¿Dónde están las flores? ¿Recogiste las flores, o no? —me preguntó enojada.

—No.

—¿Por qué no?

—No sabía cómo debía llevarlas.

—Toma la canasta y unas tijeras.

Me dio la cesta de las compras, unas tijeras y me empujó hasta la puerta.

—Clara —dije temblando—, pero, ¿si el administrador me sorprende?

—No te sorprenderá porque tú puedes correr muy rápido. Con las tijeras cortarás las flores y las pondrás velozmente en el canasto. El no te verá.

—Pero, ¿y si me ve?

—Entonces dirás que eres otra persona. Toma, ponte el sombrero de papá.

—¿Pero y si con todo y eso me reconoce?

—¿Quieres darle una sorpresa a mamá?

—¡Claro que sí!

—¡Entonces ve!

Yo tenía muchas ganas de darle una

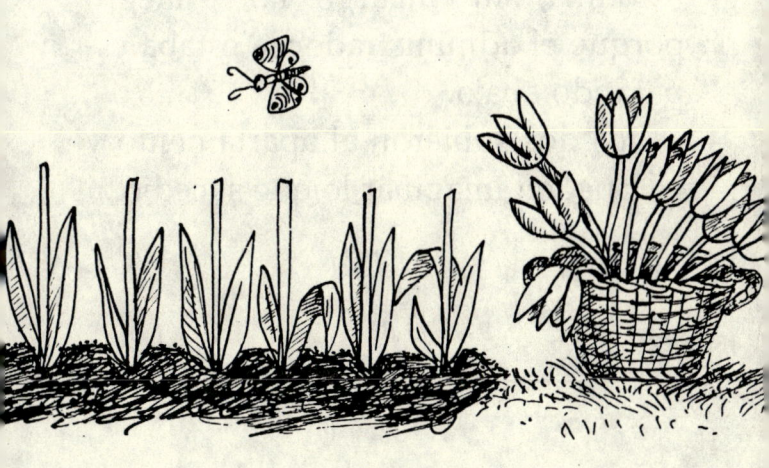

sorpresa a mamá porque es la mejor mamá del mundo; por eso me calé bien abajo el sombrero de papá y bajé.

El corazón se me salía del pecho del miedo, pero, ¿qué podía hacer? Mi hermana Clara me esperaba en casa con los floreros llenos de agua.

Corté las flores tan rápido como pude y las eché en la canasta. Luego regresé.

—Bueno —me dijo Clara cuando me vio regresar—, ¡lo lograste!

—¡Lo logré! —dije agitado.

—¡Eres un niño muy amable! Ahora sí que se va a alegrar mamá.

Mamá, sin embargo, no se alegró porque el administrador la estaba esperando abajo.

Los dos subieron al apartamento y ya pueden imaginar lo que sucedió...

LA VISITA AL ZOOLÓGICO

Era un sábado cuando mamá le dijo a papá:

—Ve hoy al zoológico con los niños. Tengo algunas cosas que hacer en el apartamento y ustedes sólo estorbarían.

—¡Iujuuu! —gritamos de alegría mi hermana Clara y yo—. ¡Vamos al zoológico! ¡Vamos al zoológico!

Clara dijo entonces:

—Quiero que mamá venga con nosotros.

—Y, ¿quién va a hacer el trabajo? No puede quedarse pendiente —dijo mamá.

—¡Nosotros te ayudaremos! —exclamó Clara.

Yo repetí lo mismo, aprobando la propuesta de mi hermana:

—¡Nosotros te ayudaremos!

E incluso papá dijo:

—Acompáñanos. ¡Nosotros te ayudaremos!

—Yo los conozco —dijo mamá riendo—. Ustedes son muy buenos ayudantes.

—¡Es cierto! —dijimos Clara y yo con entusiasmo, aprobando lo dicho por mamá—. Somos una excelente ayuda. ¡Eso lo sabe todo el mundo!

Entonces nos fuimos todos al zoológico: Mamá, papá, yo y mi hermana Clara. Primero nos comimos un helado y luego vimos muchos animales: venados y perdices, leones y patos, jirafas y pingüinos. Luego cabalgamos en un pony.

Después de que nos bajamos del pony Clara me preguntó qué animal me gustaría ser.

—Una liebre —dije.

—¿Una liebre? ¿Por qué una liebre?

—Porque podría correr rapidísimo.

—Si yo fuera una zorra te cazaría de inmediato —dijo mi hermana para enojarme.

—¡No podrías! —exclamé y eché a correr como una liebre, a derecha y a izquierda, por entre la multitud. Clara corría detrás de mí, pero no pudo alcanzarme a pesar de que tiene las piernas más largas que las mías. Yo corrí mucho más rápido.

Así llegamos hasta la jaula del elefante y allí Clara exclamó casi sin aliento:

—Espera, espera, me rindo.

—Bien —respondí—, si te rindes esperaré. ¿Te diste cuenta de que ninguna zorra me puede cazar?

—Es cierto —exclamó ella jadeando—, podrías ser una liebre muy veloz.

—Y tú, ¿qué animal quisieras ser?
—le pregunté entonces.

—Un mono —me respondió ella.

—Siempre pensé que querías ser un gato.

—Eso era antes. ¡Ahora quiero ser un mono para poder saltar de un árbol a otro y hacer monerías así! —dijo e hizo una monería muy graciosa. Ella las puede hacer muy bien.

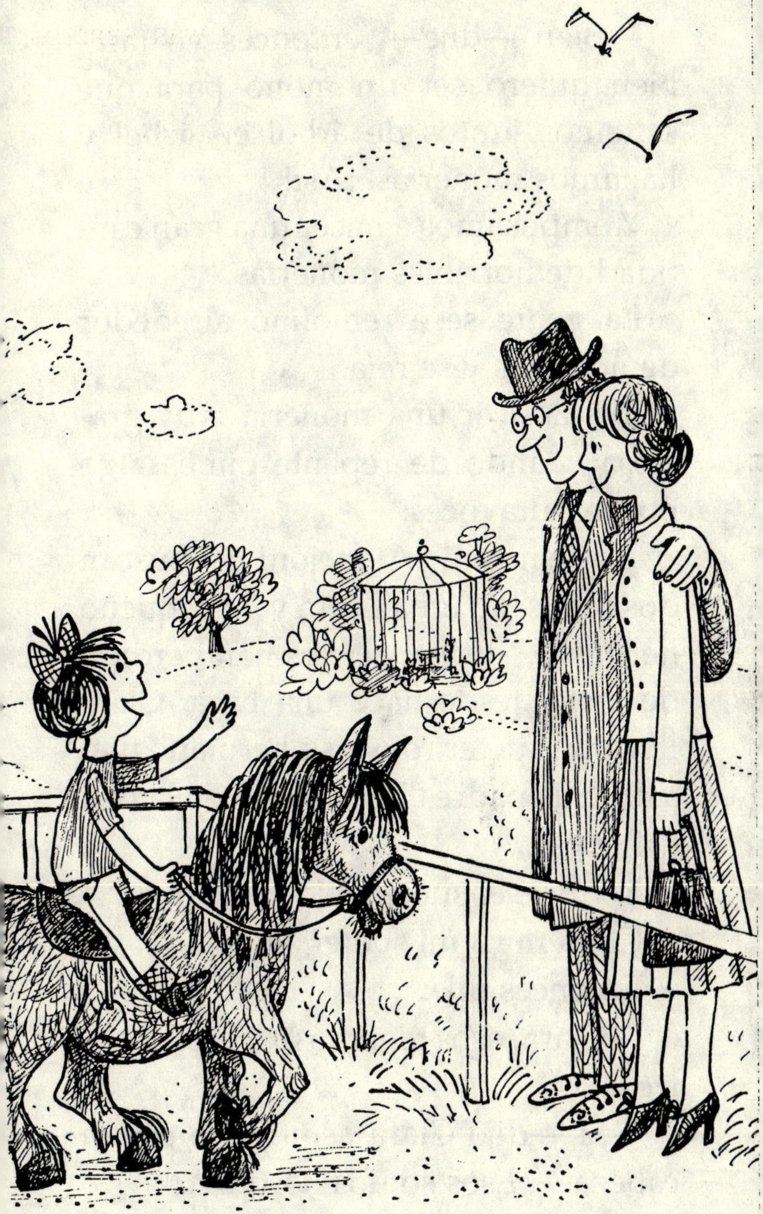

—Bien —dije—, entonces yo también quiero ser un mono para que saltemos juntos de árbol en árbol y hagamos monerías. ¡Así!

Y empezamos a hacer una gran cantidad de horribles monerías.

La gente se arremolinó alrededor de nosotros y se reía.

Iba a hacer una monería muy graciosa cuando de repente oímos algo por los altavoces:

—¡Atención! ¡Atención! Se buscan dos niños: La niña Clara y su pequeño hermano. Sus padres los han perdido de vista desde hace una hora. Clara lleva un suéter rojo y su hermano uno azul. Sus padres los esperan en la caja principal...

Yo miré el suéter rojo de Clara.

Clara miró mi suéter azul.

Entonces dije:

—Clara, esos tenemos que ser nosotros.

—Sí —dijo Clara asintiendo con la cabeza—. Esos somos nosotros.

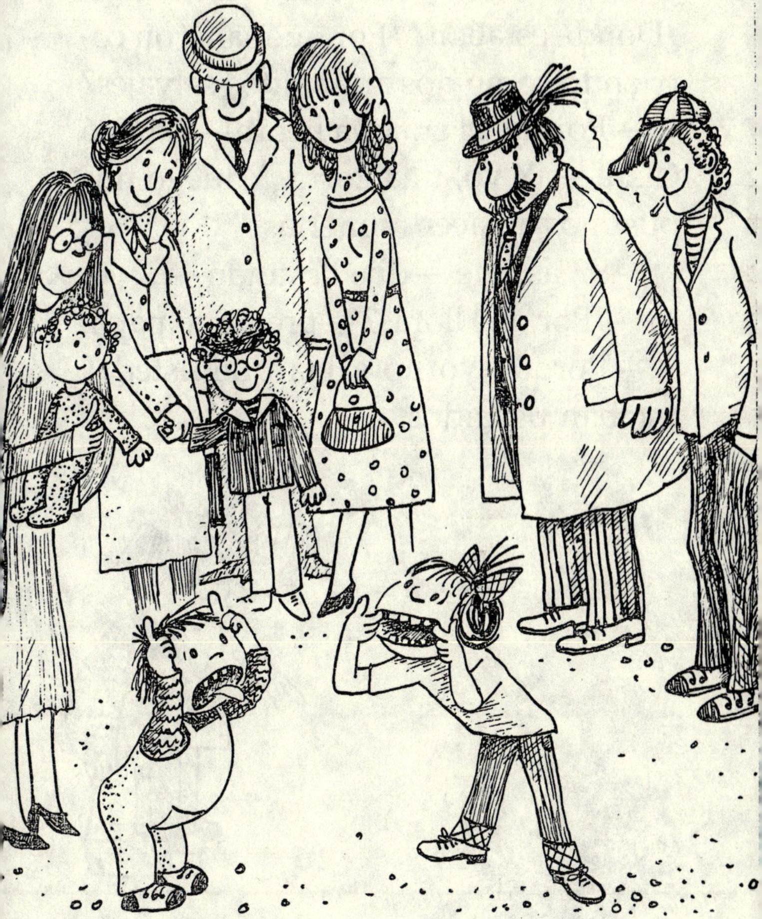

Entonces corrimos velozmente hasta la caja principal.

—Alabado sea el cielo —dijo mamá muy congestionada—. ¡Qué bueno que ya están aquí otra vez, niños! ¿Dónde estaban? ¿Por qué salieron corriendo como dos animalitos salvajes?

—Porque él era una liebre —explicó Clara—. Y yo, una zorra. Y luego nos pusimos a hacer monerías.

—Sí, así fue —dije llorando—.

—¿Por qué lloras? —preguntó papá.

—Porque yo no sabía que ustedes estaban perdidos.

DE CÓMO LUSTRAMOS LOS ZAPATOS

Un domingo por la mañana, mientras papá y mamá daban un paseo, mi hermana Clara me dijo:

—Hoy tenemos que demostrarles a papá y a mamá qué tan juiciosos somos. ¿Te gustaría?

—¡Claro que sí! —dije agitando la cabeza—. ¡Claro que sí!

—Bien, pero, ¿qué hacen dos niños juiciosos un domingo por la mañana cuando están solos en casa?

Pensamos y pensamos hasta que Clara dijo:

—Lustraremos los zapatos de papá y mamá. Los dejaremos relucientes. Y los nuestros también. Lustraremos todos los zapatos. ¿Cómo te parece?

—¡Excelente!

Así pues, amontonamos todos los zapatos en la sala. Jamás imaginé que tuviéramos tantos. Cuando la sala estaba llena de zapatos, y yo empezaba a embetunarlos, Clara dijo:

—¿Sabes una cosa? Así no debe hacerse. Nadie lustraría en la sala unos zapatos tan sucios. Vayámonos a nuestra alcoba.

Entonces llevamos todos los zapatos al cuarto.

Cuando había empezado nuevamente a lustrar con mucho empeño y nubes de polvo volaban alrededor, mi hermana Clara dijo:

—Vámonos mejor a la cocina.

—¡Bueno! ¡Vamos a la cocina!

Los llevamos, entonces, a la cocina. Clara agrupó los zapatos por colores: negros, marrón oscuros, marrón claros y bien claros. Luego abrimos las grandes cajas redondas de betún. Pusimos la caja de betún negro junto a los zapatos negros, la caja de betún marrón claro, junto a los zapatos marrón claro, la caja de betún marrón oscuro, junto a los zapatos marrón oscuro, y la caja de betún muy claro, la pusimos junto a los zapatos muy claros.

Luego empezamos a lustrar zapatos con mucha dedicación, como corresponde a dos niños juiciosos. Pronto, toda la cocina se cubrió de espesas nubes de polvo. Nuestro gato Casimiro y nuestro perro Sabueso nos observaban curiosos.

—¡Fuera de aquí! —les gritó Clara. Ella quería espantarlos, pero los animales no se fueron, sino que olfatearon en torno a nosotros como si quisieran ayudarnos a lustrar.

Yo noté de repente que la caja de betún negro se escaseaba cada vez más, pero no sabía por qué.

Cuando iba a lustrar los zapatos marrón oscuro, vi en la caja algo parecido a la huella de la pata de un animal y noté igualmente que se había reducido la cantidad de betún.

¿Qué estaba pasando?

Miré a mi alrededor, recorrí todo el apartamento y me sorprendí.

Le pregunté entonces a mi hermana Clara:

—¿Puede darle viruela al piso?
—No, nunca.

—¿Y a la alfombra?

—No, tampoco.

—Entonces las manchas que hay ahí no son viruelas, sino betún...

Clara vio entonces lo que yo ya había visto y sólo pudo decir asustada:

—¡Dios mío!

El piso de la cocina, el del corredor e infortunadamente la alfombra clara de la sala, estaban cubiertos de pequeñas manchas negras y marrones. Eran de betún, pero parecían viruelas. El perro Sabueso y nuestro gato Casimiro se paseaban por todas partes y con las patas imprimían cada vez más y más manchas sobre el piso.

—¡Caramba! ¿Qué van a decir papá y mamá? —nos preguntábamos.

Me pareció injusto que nos regañaran, a pesar de que queríamos demostrar qué tan juiciosos éramos, y a pesar de que, como todo el mundo lo sabe, el perro Sabueso y el gato Casimiro tenían la culpa de todo lo sucedido.

DE CÓMO ESTUVE A PUNTO DE GANAR UNA APUESTA

Mi hermana Clara gana siempre las apuestas y por eso quiere apostar conmigo todos los días. De esta forma desaparecen en sus bolsillos mis gomas de mascar, mis bolas de cristal y mis autos. Eso me enoja muchísimo.

Yo solamente apuesto con ella porque espero ganar algún día. Y si gano una vez, probablemente seguiré ganando, lo mismo que ella.

Solamente en una ocasión me negué a apostar y hoy todavía me arrepiento. Sus lápices de colores hubieran desaparecido en mi bolsillo, pero yo no hice la apuesta porque Clara quería apostar mi balón de fútbol. Ella anda detrás de mi balón porque tiene hermosos colores. Quizás quiera convertirse en futbolista.

La apuesta tenía que ver con nuestro perro Sabueso que últimamente se ha vuelto un perro muy loco. Toma entre los dientes cualquier zapato y corre con él de cuarto en cuarto para esconderlo. La semana pasada papá estuvo buscando durante una hora un zapato, hasta que finalmente lo encontró, pero, por esto, llegó muy tarde a la cita que tenía en la taberna con sus amigos de siempre.

Clara dijo que hablaría muy seriamente con Sabueso. Un perro juicioso no hace algo así, ¿verdad?

—Verdad —dije—. Últimamente no ha estado juicioso. ¡Hablémosle!

Inmediatamente llamamos a Sabueso a nuestro cuarto y Clara le habló largamente. Ella le explicó lo que un perro juicioso puede hacer y lo que no, y Sabueso movió todo el tiempo la cola como si estuviera de acuerdo.

—Yo creo —dijo Clara finalmente— que me entendió.

—¿Estás segura?

—¡Claro! Mira sus ojos.

—¿Qué pasa con sus ojos?

—Tiene una mirada de mucho arrepentimiento.

Yo miré a Sabueso a los ojos y dije:

—Me parece que siempre tiene esa mirada.

—¡No es cierto!

—Sí, Clara. Es cierto.

—¡Tú no entiendes nada de miradas de perro!

—Pero él siempre mira así.

—El sólo mira así cuando está arrepentido de algo. Por esa razón también menea la cola.

—Él siempre menea la cola.

—Pero no tan rápido, ni con tanto entusiasmo. ¿No te das cuenta? Cuando mira de esa forma y menea la cola con tanta insistencia, está arrepentido de todo. Ya verás que Sabueso no se volverá a llevar los zapatos ni volverá a esconderlos. ¿Apostamos?

—¿Qué?

—Tu balón de fútbol y mis lápices de colores. Si tú ganas te daré mis lápices de colores, y si yo gano me darás tu balón de fútbol.

Yo reflexioné y luego dije:

—No, no apuesto.

—¿Por qué no?

—Porque tú siempre ganas todas las apuestas. Eso ya lo sabemos.

Sabueso ladraba aprobando lo que yo decía.

—Ésta —dijo Clara—, también la hubiera ganado.

Clara estaba sentada en su cama y agitaba las piernas como la vencedora. Tenía puestos los zapatos de casa de mamá y como le quedaban muy grandes, se le salió uno de un pie y fue a caerle directamente a las narices de nuestro perro. Sabueso, que al parecer estaba arrepentido de todo, aprisionó el zapato entre los dientes y salió corriendo. Además lo escondió

tan bien que mi hermana Clara y yo tuvimos que buscarlo durante más de dos horas. Todavía me enojo cuando me acuerdo de eso. ¿Por qué no aposté con Clara?

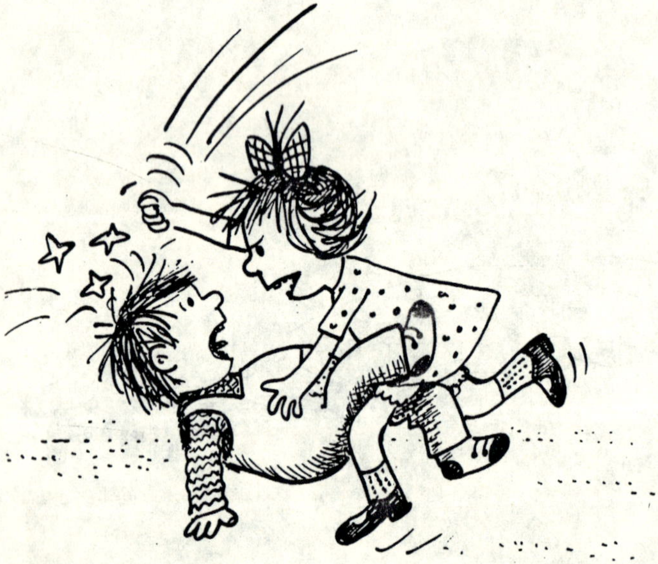